Gabriele D'Annunzio

Elegie romane

Al poeta Enrico Nencioni questo libro è dedicato.

Quid melius Roma?

OVIDII EX PONTO L.P.

Eine Welt zwar bist du, o Rom; doch ohne die Liebe

wäre die Welt nicht die Welt, wäre denn Rom auch nicht Rom.

GOETHES ROEMISCHE ELEGIEN I.

LIBRO PRIMO

[Il Vespro]

Quando (al pensier, le vene mi tremano pur di dolcezza)

  io mi partii, com'ebro, da la sua casa amata;

su per le vie che ancóra fervean de l'estreme diurne

opere, de' sonanti carri, de' rauchi gridi,

tutta sentii dal cuore segreto l'anima alzarsi

  cupidamente, e in alto, sopra le anguste mura,

fendere l'ignea zona che il vespro d'autunno per cieli

umidi, tra nuvole vaste, accendea su Roma.

Non era in me certezza de l'ora, de' luoghi. Un fallace

sogno teneami? O tutte de la mia gioja consce

eran le cose e in torno rendevano insolito lume?

Io non sapea. Le cose tutte rendevan lume.

Tutte le nubi ardeano immote: qual sangue da occisi

mostri, rompea da' loro fianchi un vermiglio rivo.

Lieta crescea la strage per l'erte de' cieli, sí come

per infiammati boschi gesta d'immite arciero.

Agile da le gote capaci il Tritone a que' fochi

dava lo stel de l'acqua, che si spandea qual chioma.

Tremula di baleni, accesa di porpora al sommo,

libera in ciel, la grande casa dei Barberini

parvemi quel palagio ch'eletto avrei agli amori

nostri; e il desio mi finse quivi superbi amori:

fulgidi amori e lussi mirabili ed ozii profondi;

una piú larga forza, una piú calda vita.

Sonvi - dicea la folle Chimera il cuor mio torcendo -

sonvi piú dolci frutti, altri ignorati beni!

Datemi - il cuor dicea - voi datemi, occhi soavi,

la mai goduta ebrezza, lo sconosciuto bene!

Alta dal cuor balzavami l'anima. A sommo de l'erta,

in su 'l quadrivio, argute risero le fontane.

Freschi dal Quirinale co 'l vento mi giunsero effluvi:

rosea m'apparve, al fondo, Santa Maria Maggiore.

SOGNO D'UN MATTINO DI PRIMAVERA

Quando la tua sorella Aurora, già sazia di sogni,

ebra di baci, tutta umida di rugiade,

come cerbiatto ignaro d'insidie ne' vergini boschi,

pronta a le soglie balza con lieto ardire,

tu non il suo chiamare, o Ippolita, odi. Il mio petto

ben del tuo dolce capo teneramente premi.

Premi il mio petto, e dormi. Qual s'apre or ne l'intimo foco

de la tua vita e sorge misteriosa imago,

irradiando un riso che tenue sgorga e diffuso

trepida per l'aureo fior de le membra tue?

Rompe cosí ne' maggi da polle invisibili un'acqua

viva, balzante spirito, in un rosajo:

trèmane tutta quanta la molle compage de' fiori;

poi d'un fulgore liquido s'illumina.

Or nell'oblio sommersa, Ippolita, vedi tu strane

plaghe, odi tu novelli carmi e novelli suoni?

Odi il divin tuo nome passare ne gli inni? Procedi,

splendida fra il duplice coro, a' fastigi ultimi?

Quale favilla viva cui nutran le ceneri in grembo;

quale balen che dorma entro la nube grave;

quale adamante intatto che splenda con lume di stella

su la ricchezza oscura de le terrestri vene;

qual sole ascoso ad occhi mortali, che sperda su vani

esseri, per gelido aer, le sue virtudi;

quale un pensier di nova beltà creatore su 'l mondo,

che ancor segreto rida sotto la fronte al nume;

tal per te sola, o donna, per te, per te sola da tempo

celasi ne' vergini regni un divin potere.

L'hanno in custodia i Saggi. A l'ombra d'un'arbore immensa,

candidi ne la veste, placidi come iddii,

vivono. Un'aria calda li nutre. Su l'erbe d'in torno

rapidi i leopardi piegano i dorsi gai.

Il mormorio de' fonti, il susurro de' rami, il sommesso

fremito de le belve mescesi a le parole.

Oh fecondati regni dal sacro abbraccio de' fiumi,

beneficata specie dal provvidente cielo

ove d'un'alleanza de gli astri principio di vita

sorge ch'effuso nelle solitudini

crea da la sorda pietra, crea pure da l'arido loto,

crea pur dal ferro spirti innumerabili!

Ecco sentieri d'ombre, profondi, cui versan la luce

fiori d'ardente vita, esseri non mortali;

templi d'ignoti numi, alla gioja del dí bene aperti

sopra colonne bianche qual pura neve,

armoniosi, eterni, ove l'aquile fanno gran cerchi,

ove sospira il caldo vento natío del mare;

chiostre di colli emerse da vasti golfi lunati,

    ove talor ne l'aria passan le forme dive,

forme di tal corusca virtú penetrate che alcuna

    d'occhi mortali forza non le sostiene,

simili a te nel riso, che incedon su 'l mare con lento

    passo e guardando a l'alto cantano dolci cori.

Cantano: - Or chi da l'alto precipita a' campi del mare,

    rapido com'aquila, splendido come fuoco?

Quella discende forse, che molto aspettano i Saggi,

    donna reina? O forse da le sue rosse case,

contra i fraterni tèli, demente per novi desiri,

    anche apparí l'audace figlia d'Iperione?

Non del titan la figlia; ma l'altra, ma l'altra s'appressa.

    Cose universe, udite! Ecco, l'Eletta viene.

Viene l'Eletta. O cieli, che tutta accogliete l'immensa

anima del Creato entro la vitrea sfera!

voi, o correnti, o vene del mare, che l'isole intatte

stringer godete in vostre adamantine trame!

nuvole erranti, o voi lungh'esso il monte selvoso

greggia che il vento guida, truce pastor, fischiando;

urne de' fiumi, aperte da vegli possenti a la Terra

giovine! e voi, stromenti ampi de l'uragano,

selve terrestri! e voi, profonde oceaniche selve,

dove ogni tronco ha occhi vigili ne l'orrore!

cose universe, udite! L'Eletta, ecco, viene che a noi

reca per legge il solo ritmo del suo respiro. -

Cantano. Tu non odi passare ne gli inni il tuo nome?

Premi il mio petto e dormi. Splendemi in cuor l'aurora.

VILLA D'ESTE

Quale tremor giocondo la pace de gli alberi o Muse,

agita e a le richiuse urne apre il sen profondo?

Chi, dentro gli àlvei muti svegliando gli spirti del canto,

leva sí largo pianto d'organi e di liuti?

Chi dentro i marmi sordi, immemori d'acqua corrente,

mette novellamente fremito di ricordi?

Chi tante mai canzoni, o Muse, trae su da tant'acque?

Ella è, che pur vi piacque, Muse; è Vittoria Doni.

Va pe 'l sentiere ombrato la donna magnifica; e in torno

ecco, il divin soggiorno trema signoreggiato.

Lodano tutti gli orti la dolce di lei signoria;

e le fontane, in via, parlan de' tempi morti.

Parlan, fra le non tocche verzure, le cento fontane;

parlan soavi e piane, come feminee bocche,

mentre su' lor fastigi, che il Sole di porpora veste,

splendono (oh gloria d'Este!) l'Aquile e i Fiordiligi.

SERA SU I COLLI D'ALBA

Oh, su la terra albana, bontà de la pioggia recente!

Grande è la sera; accoglie grandi respiri il cielo.

Umido il ciel s'inarca su 'l piano a cui s'abbandona

lento il declivio. Ride l'ultime nubi in fuga,

l'ultime nubi, trame leggère che passa la luna

èsile trascorrendo come una spola d'oro.

Compie l'aerea spola un'opra silente. Nel folto

celasi; risfavilla di tra le fila rare.

Muta la segue in alto la donna pensosa, con occhi

puri, che guardan oltre: - oltre la vita, in vano!

Quale desío la tiene? Qual nuovo pensiero, qual sogno

su dal pallor notturno de la sua fronte sale?

Tenue Luna, o amante dolcissima d'Endimione;

cielo di perla effuso, pallido men di lei;

cielo che spandi al piano una neve impalpabile (come

placidamente cade sopra le arboree cime!);

tu, mar Tirreno, o letto remoto del Giorno (per l'aria

fanno gli odor terrestri altro invisibil mare);

Espero, e tu, o lungi ridente pupilla; e voi, larghi

paschi ove grandeggiando sazio s'attarda il bue;

torme d'olivi, e voi con braccia protese a la sera,

bianche nel bianco lume, religïose; e voi

tutte, apparenze de la divina Bellezza ne' puri

occhi, non mi rapite l'anima sua; ma fate,

s'io v'adorai, ma fate che l'anima sua forse stanca

volgasi a me, piangendo, con infinito amore!

VILLA MEDICI

I.

Tu non mi dài la pace, o Sole sereno, e l'oblio

se i cari luoghi io cerchi vago de' raggi tuoi!

Troppo soavi, ahi troppo soavi anche giungonmi al core

questi che tu diffondi spiriti, o Primavera,

questi onde tutta vive la dura pietra e si scalda

umanamente e gode ne le profonde vene,

onde gioiscon gli orti chiomati di verde novello,

tremano le raccolte acque ne l'urne loro.

Tremano con sommesse parole, ne l'ombra, e fan cupo

specchio a tal ombra l'acque dentro il marmoreo vaso.

Stanvi le querci sopra, che l'aura de' secoli avvolge;

odono il suon, guardando placide a' cieli e a Roma.

Chiusa ne' suoi recinti la villa medícea dorme:

alzansi lenti i sogni de la sua gran verdura,

come allor che se 'l primo tremar de le vergini stelle

per i quieti rami cantano i rosignuoli.

Oh pura in me, su 'l vespro, piovente dolcezza de' sogni!

Muta, la lunga scala ella saliva meco.

Tutta nel cor segreto io sentiami languire e tremare

l'anima, al premer lieve de la diletta mano.

Ma, come fummo al sommo, la bocca ansante m'offerse

ella: feriva il sole quel pallor suo di neve.

Alto d'amor susurro correa lungo i bòssoli foschi;

dardi rompean la cava tènebra tutti d'oro,

quasi che d'odorato peplo e di veli ondeggianti

bella ivi errasse Cintia dietro vestigia note.

II.

Ben tale dea presente, cui nomano Luna i mortali,

empie d'un amoroso spirito i cari luoghi.

Ben questi elesse talami verdi e profondi la dea

e gli amor suoi segreti, paga d'angusto impero.

Piacquesi de' lavacri, che artefice umano compose,

ella obliando i chiari fonti, gli azzurri fiumi:

l'agile per le selve d'Etolia corrente Acheloo,

truce figliuol di Teti, vago di Dejanira;

l'Axïo da la riva lunata per ove muggendo

candida l'ecatombe venne con passo grave;

ed il Penèo sonoro che vide di Dafne le membra

torcersi verdi e snelle, ripalpitare in rami;

te, bel Cefiso, a cui la diva Afrodite bevente

rise da tutto il volto, diede in balía la chioma;

te, puro Eurota, largo d'allori e di freschi roseti

e di freschissime acque, d'onde emergeano ignude

vergini protendendo le belle braccia pugnaci

verso la madre Sparta, a salutare il Sole.

Erano a Delia cari tai fiumi; al grand'arco divino

porsero i lidi immensa copia di cacciagioni;

grati offerian riposi ne gli antri a le ninfe anelanti;

murmuri avean di molle sonno persuasori.

Ma ben li oblia la dea. Non ebbero quelli il tuo riso

misterioso, o fonte, l'inestinguibil riso,

tenue balen che l'acque tue pallide illumina a fiore

(tal ride pur fra' pianti l'anima in occhi umani)

onde in ardore treman a torno gli aperti narcissi,

languidi reclinanti, presi di van desío.

Non ebber quelli, o fonte, non ebber le voci tue vaghe

   piú che mel dolci, lene balsamo a' duoli umani.

Qual su 'l polito ferro de l'aste purpurea s'imperla

   l'onda del sangue e brilla nitidamente al sole,

tale su l'infiammata anima il confuso susurro

   frangesi in varianti numeri armoniosi.

Ode la selva intenta, le vergini stelle da' cieli

   odono: a lor la fonte ride di conscio riso.

III.

Deh nel mattin recante gran fior di rugiade novelle,

   quando improvvisa apparve l'esule dea tra' rami,

deh come tutte d'intimo ardor palpitarono l'acque

   poi che sentían l'antica divinità redire!

Fulsero i tronchi allora con lume di puri diaspri;

   ebbero allor le foglie de l'adamante i fuochi.

Quivi il pastore biondo bellissimo Endimione

   Trivïa seco addusse; quivi prigion lui tiene.

Sta l'alta maraviglia. Pur sempre rifulgono i tronchi

quivi in rigor di pietra simili a gemmei steli.

Piegansi i rami, carchi di verdi cristalli politi;

pendon tra ramo e ramo lunghi velari d'oro,

poi che per entro questi misteri invisibile Aracne

a le sottili attende opere de' telai.

Tacciono i venti sopra: non fremito corre le cime;

non, nel profondo incanto, giungon da l'Urbe voci.

Nascere dal silenzio pajono tutte le cose

come le salienti nubi dal mare; e immote

(tali il giacente inconscio nel sogno ingannevoli forme

vede, che a lui da l'imo genera il lento cuore)

durano: soli i lauri con lieve tremito incessante

dan tra la selva indizio de la nascosta vita.

IV.

Oh lauri, quanto un giorno a l'anima nostra soavi!

    Alta venia ridendo ella fra gli alti steli.

L'ombra de' bei capegli oscura battea come un'ala

    su la sua fronte; i lunghi occhi parean piú neri.

Freschi salían di sotto il breve suo passo gli effluvi;

    molli pioveano albori da le vocali cime.

L'Erme da l'ombra mute sorgendo in lor forma divina,

    vigili meditanti anime ne la pietra,

lei riguardavan, come assorte in pensiero d'amore:

    sotto il lor piè quadrato, snelli fiorian gli acanti.

Io per sentieri ignoti fra' lauri cosí la seguii

    trepidamente; e parve fosse d'in torno l'alba.

Parvemi, lei seguendo fra' lauri, che dietro quell'orme

    ratto fuggisse il sangue mio dal profondo core

quale un vapor da calice colmo, e di vene novelle

    tutto l'amato corpo anche cingesse, e mista

l'anima mia per tale prodigio a la bella persona

fulgida avesse gioja da la comune vita.

Fulgida gioja, oh grande mia comunione d'amore

onde in bei fior di luce vaghi nascean pensieri!

Parvemi, lei seguendo, che simile in vista a la donna

cui lungo il rivo scorse Dante tra' freschi maj

(Deh bella Donna - ei fece - ch'a' raggi d'amore ti scaldi! -

Volsesi la soletta in su 'l vermiglio a lui)

ella in salir per l'erbe vestigia stellanti lasciasse,

gemmee spandesse ai mirti da le sue man rugiade.

- Ecco, la Notte ascende per l'umido cielo: viole

trae ne l'aerea vesta, pallide rose trae;

Leva col piè fulgori di stelle per gli archi profondi:

treman le stelle, come polvere effusa d'oro.

Vede l'innumerevole riso d'a torno in gran cerchi

spandersi: gode al sommo ella seder regina.

Voi salirete, o donna, cosí l'altura ove al sommo

s'apre, fiammando forte, quella mia speme nuova.

S'apre solinga in cima, qual rosa che imperlano dolci

lacrime, che il piú caldo sangue del petto irrora.

Risplenderanvi sotto il piè nel cammino le stelle;

racconteran le stelle la maraviglia ai cieli.

Voi ne la gloria, voi nel riso d'amore salendo,

giugnere udrete il canto: "Ella, ella sola è gioja.

Entro le man sue reca piú luce che non l'Ora prima;

fatta ella tutta quanta è di sovrane cose".

ELEVAZIONE

Su, Elegia t'eleva! La notte è propizia ai dolenti.

Piangi la donna nostra, canta le lodi sue.

Giova, ne l'alta notte, con lacrime lei richiamare?

Tutta nel verso vano l'anima mia si sface.

Ben, forse, lei ne l'intimo petto l'angoscia martira;

lei riguardante cieli strani il desio pur tiene.

Lei, forse, tiene il grato ricordo, se vago la luna

brivido le suscita ne la solitudine;

piú vivo ardor per me le comprende il pensiero, se a torno
languidi favellano gli alberi in colloquii.

Ahi, non indarno un tempo le cose parlavano amore!
Ma di gioire urgeva brama piú forte noi

ebri di tal dolcezza cui gli astri effondean pe 'l raggiato
etere, cui limpida piacqueci di bevere.

Vino immateriale in coppa invisibile, oh mira
ebrietà che tutto l'essere penetrando

fece rigati a noi di nuova delizia gli amplessi,
rese infiniti i brevi nostri mortali amori!

Forte il mio spirto ardendo occupò il suo cuore profondo
come la fiamma alàcre abita l'urna cava.

Di quell'amante vita nudrivasi ardendo il mio spirto,
come la fiamma a notte beve la pura oliva.

I pensier suoi pensai; la gioja e il dolor suo nel pieno
essere mio raccolsi; vidi per gli occhi suoi.

L'anima, le segrete de l'anima voci, il divino

ritmo del suo respiro, l'intimo di sue vene

fremito, e le latenti sue cure, e gli inganni de' sogni,

e l'improvvise angosce, tutto io conobbi in lei.

Io, su lei chino, io tutti conobbi i concenti che solo

odonsi nel silenzio dolce del sangue suo,

quando gli innumerevoli palpiti in uno concordi

fingono la tremante calma d'estivo mare.

Io gli splendori ascosi de l'anima sua rivelai,

come con aurea chiave i penetrali aprendo;

e li diffusi in cerchi più vasti ove tutto m'immersi

avidamente, i fianchi cinto di forza nuova.

Tale, fra l'ignee chiome che spiega l'Aurora su 'l mondo,

aquila uscente a volo da la nativa rupe:

invermigliati i fiumi salutan con tuoni il prodigio,

ridono le attonite fronti de l'alpe in giro:

unica quella al sommo rossor batte l'ali possenti;

tutte le aperte penne splendonle di baleni.

LIBRO SECONDO

SUL LAGO DI NEMI

Villa Cesarini

Era un ritorno. Il sole spandea per i boschi ducali,

precipitando, un fuoco torbido. Ma su l'acque,

chiuse da quel gran cerchio di tronchi infiammati, un pallore

cupo regnava. Raggio non le feriva alcuno.

Chi nel divino grembo del lago adunava tant'ira?

Livide, mute, l'acque minacciavano;

come d'un lungo sguardo nemico seguivano il nostro

passo; vincean d'un freddo fascino i nostri cuori.

Una paura ignota ci strinse. Pensiero di morte

illuminò d'un lampo l'anima sbigottita.

Parvemi andar lungh'esso un lido letale, uno Stige;

e de l'amata donna l'ombra condurre meco.

Tutte di nostra vita lontana le imagini vaghe

si dissolveano; ed ecco, tutto era morte in noi,

tutto; ed il nostro amore, il nostro dolore, la nostra

felicità non altro eran che morte cose.

Oh visione aperta per sempre a l'anima mia!

Rapidamente l'acque s'oscuravano.

Senza tremare, immote, opache, celando l'abisso,

piu minacciose l'acque parean volgere

al malefizio i cieli. Le nubi piombavano sopra;

stavano intenti i boschi sopra, nel grande orrore.

Quasi era spento il fuoco per l'aria; ma ultima ardeva

come una face in Nemi rossa la torre orsina.

IL VIADOTTO

Ella era meco. Forte stringeva il mio braccio ed ansava

contro il gran vento, muta, pallida, a capo chino.

Ahi, trascinato amore! Pareami sentire in su 'l braccio

(ella stringea piú forte) premere un peso immane.

Ahi, trascinato amore, con triste menzogna, per tanto

tempo, in sí dolci luoghi! Luoghi già tanto cari

Cupa, di sotto gli archi del ponte, muggiva in tempesta

ampia di querci e d'elci la signoria dei Chigi;

25

ma dal contrario colle, tra i mandorli scossi, ridea,

quale da rupe un gregge pendulo, Aricia al sole.

Pendula Aricia al sole ridea su la conca profonda:

ombra mettean le nubi cerula ne la fuga.

Era un Tirreno in vista, di lungi, una spada raggiante;

eran, di lungi, i boschi isole tutte d'oro.

Ma pe 'l mio cuor mutato, pe 'l duro cuor mio da le cose

ruppero in van fantasmi, ahi, del goduto bene!

Sorsero da le cose fantasmi bellissimi. Ed ella,

auspice Sole, ed ella era pur bella in vano!

Era pur bella, o Sole. Stringeva il mio braccio ed ansava,

contro il gran vento, muta, pallida, a capo chino.

Non a lei forse ignara parlavan le cose nel vento?

"Ei piú non t'ama, o donna misera! Ei piú non t'ama!"

VILLA CHIGI

I.

Sempre nelli occhi, sempre, avrò quella vista. Oh silente

pallida ignuda selva, non obliata mai!

Noi discendemmo piano, seguendo il famiglio, una scala

umida, angusta, dove l'ombra parea di gelo.

Ella era innanzi. A tratti, sostava. Mal certa su i gradi

ripidi, contro il muro ella tenea la mano.

Io la guardai. La mano bianchissima parvemi esangue,

parvemi cosa morta. Morta la cara mano

che tanti al capo sogni di gloria mi cinse, che tanti

sparsemi di dolcezza brividi ne le vene!

Soli restammo. Un fonte gemea roco a piè d'una loggia:

alto salía l'antico feudo chigiano al cielo.

Erano sparsi fumi pe 'l ciel come candidi velli.

Entro correavi un riso tenue d'oro; e i nudi

vertici della selva parean vaporare in quell'oro;

eran le felci al sommo èsili fiamme d'oro.

Ella tacea, guardando. Ma, tutta nelli occhi, la grave

anima dolorosa queste dicea parole:

- Dunque nell'alta selva, che udisti cantar su 'l mio capo,

seppellirai tu, senza pianto, il tuo grande amore?

Intenderò io dunque nel dolce silenzio, che amammo,

la verità crudele? Dunque per questo, o amico

unico mio, per questo m'hai tu ricondotta ne' cari

luoghi ove un giorno io parvi schiuder la primavera? -

II.

Oh primavera, tutta la selva correano i tuoi spirti,

tutta prendean l'inerte selva dalle radici,

occultamente: rari aneliti uscieno; talvolta

era come un ansare languido, oh primavera!

Ella tacea, guardando. Udiva io l'interna sua voce;

ma non risposi. Io tacqui. Io non risposi mai.

Vano ogni sforzo. Un freddo suggel mi chiudeva la bocca;

    torbido, invincibile, contro di lei, da l'ime

viscere mi sorgeva non so quale odio; moriva

    ogni pietà di lei nel saziato cuore.

Muti, cosí, vagammo: cosí, l'uno a fianco dell'altra,

    simili ad ombre erranti sotto un fatal castigo.

Era la carne stanca; le pàlpebre erano gravi;

    era nelli occhi quasi una caligine.

Tutta la notte, ahi, lunga! (parea che non fosse mai l'alba),

    io con ardor, con ira folle cercato avea

di ravvivar la fiamma ne' corpi commisti, ne' baci.

    Ella non piú bevea l'anima mia ne' baci.

Ella bevea soltanto le lacrime sue ne' miei baci.

    Lacrime di quelli occhi, pur vi sentii su 'l cuore

ardermi fra 'l disgusto che a flutti salía dal profondo,

    lacrime di que' dolci occhi ove il cielo io vidi!

III.

Or non vedeva il cielo nelli occhi di lei; ma dolore.

Ella tacea pur sempre, pallida piú del cielo.

Tutte le forme alli occhi miei lassi apparían dubitose

inesistenti, come forme di sogni, strane.

Alberi strani, in torno, balzavan da terra a ghermire

con mostruose braccia la delicata nube.

Snella fuggía la nube l'abbraccio terribile, dando

al ghermitor selvaggio labili veli d'oro.

Folti per ogni parte i muschi crescean nella grave

umidità. Le querci erano di velluto.

Tutti copriva i tronchi quel fresco velluto opulento;

tutte le pietre in torno erano di velluto.

Oh meraviglia! Un tempo mi parve il mirabile ammanto

opra di carmi, ed ella spargere tal mistero.

Dubio, da un ciel di perla, guardava il sole tra i rami;

ella ridea con occhi limpidi all'Adorato.

Mi vacillava il cuore: - La luce che illumina il bosco,

misteriosa, piove dalli occhi suoi? dal sole? -

Come nell'alba prima la luna d'agosto mancando,

pallida, effonde un riso che non fu mai piú lene:

tremano in ciel due vaghi miracoli; un sogno la terra

ultimo esala, incerta nello spirtale albore:

ella cosí mi parve. Contorte al suo piè le radici

eran di serpi un gregge obediente a lei.

IV.

Or chi guidava il nostro cammino? Forse un ricordo?

E perché mai varcammo la sconsolata altura?

Era per quell'altura (udiva io salendo alenare

la taciturna) un bosco ceduo. Tutti, ignudi,

grigi, sottili, i fusti sorgevano in una eguaglianza,

come di lance schiera ordinata in campo;

o non piú tosto, anima mia, come un lungo solenne

ordine di cèrei spenti nel'aer muto?

Parvero a lei, per certo, cosí mentre ella passava.

Ella pensò la morte. Lessi nel suo pallore.

- Tu mi vedrai morire. Vuoi tu, vuoi tu dunque ch'io muoia? -

lessi nelli occhi. - Pure, io non ti feci male.

Pure, io non altro feci che amarti, che amarti; non altro

feci che amarti sempre! Io non ti feci male.-

Vano ogni sforzo. Un freddo suggel mi chiudeva la bocca.

Un maleficio occulto dentro m'avea gelato.

Ma trasalimmo entrambi, sostando: un tronco abbattuto

attraversava il passo. Muti, sedemmo quivi.

V.

Sempre nelli occhi, sempre, avrò quella vista. Oh silente

pallida ignuda selva non obliata mai!

Erasi chiuso il cielo. Qualche alito, raro, destava

per le caduche cime quasi un brivido.

Cumuli di carbone qua e là nelli spiazzi, come alti

   roghi ove già fossero cenere i cadaveri,

lenti fumigavano. Salivan nell'aria le spire

   lente ondeggiando; lente dileguavano;

e su 'l composto suolo di foglie morte, su quella

   tomba d'autunni, l'ombre camminavano.

Cenere, fumo ed ombra parean quivi segnar la gran legge.

   - Devono, come i corpi, come le foglie, come

tutto, le pure cose dell'anima sfarsi, marcire;

   devono i sogni sciogliersi in putredine.

Devi tu, uomo, sempre, di ciò che ti diede l'ebrezza

   assaporare torpido la nausea.

Nulla dal fato è immune. Nel corpo e nell'anima, tutto

   tutto, morendo, devesi corrompere. -

Or chi di noi soffriva piú forte? Ella, ella mi amava;

   vivere al men sentiva, d'una tremenda vita,

entro il cuor suo la fiamma: la fiamma anche pura e raggiante!

   Io non l'amava. Il cuore gonfio parea d'un tetro

lezzo; non altro senso avea che d'un tedio infinito

l'anima ottusa. Oh come, donna, t'invidiai!

VI.

Ma trasalimmo entrambi, udendo sonare una scure.

Colpi iterati, súbito, echeggiarono.

Aspra nel gran silenzio fería l'invisibile scure:

non il ferito tronco udíasi gemere.

Ella, ella, a un tratto, come ferita, ruppe in singhiozzi:

ruppe ella in disperate lacrime; ed io la vidi

nel mio pensiero, quasi nel guizzo d'un lampo, io la vidi

úmile sanguinare, úmile boccheggiare,

stesa tra 'l sangue, e alzare le supplici mani dal rosso

lago; e dicea con gli occhi: - Io non ti feci male. -

Oh moribonda anima! Le stetti da presso impietrito.

Anche una volta bere le sue lacrime

io non poteva? Al meno sfiorarle i capelli una volta

io non poteva? Al meno prenderle i polsi; il viso

bianco scoprirle, il giglio divino imperlato di pianto;

   chiederle al men con voce dolce: - Perché piangete? -

Ella piangea. Di lunge, i colpi echeggiavano; gli alti

   roghi, d'in torno, lenti fumigavano.

IL VOTO

Discendevamo il colle , la sera d'aprile occupando

   i colonnesi boschi umida argentea

mentre ne l'ombra cantavano già gli usignuoli,

   noti aulivano fiori anche invisibili.

Ella era muta; muto io era. Breve intervallo

   era tra noi, tra i nostri deboli corpi: breve;

ma non quel colle, ma non quel lago, ma non il lontano

   mare, ma non la sera fulgida aveva abissi

tanto profondi quanto l'abisso che muto tra noi

   era... Oh discesa lenta per l'infinito clivo

mentre ne l'ombra cantavano già gli usignuoli,

noti aulivano fiori anche invisibili!

Candido arrise il cielo. Recò nel sovrano candore

suon di campane l'Ave, giú da Castel Gandolfo.

Ci soffermammo. Ed ella (il suo lieve gesto mi pesa

ne la memoria) da la fronte dolente al petto

stanco segnò la croce: - indizi d'interna preghiera

a la sua bocca pallida salirono.

Quale fu il vóto? Invase pur me, in quel lume, un fervore

súbito; e pur fervido sorse il mio vóto al cielo.

- Ave, Maria. Voi fate, o Madre misericorde,

ch'ella non m'ami! Fate ch'ella non m'ami, o ch'ella

muoia! Togliete il truce amore a l'anima sua,

misericorde Madre, e a me il supplizio!

IN UN MATTINO DI PRIMAVERA

Era il mattino. Un grave sopore teneva la donna

misera, su 'l guanciale pallido men di lei.

Fredda, composta, immota, parea profondata nel sonno

ultimo, ne la pace ultima, su la bara.

Alito non s'udiva. Parea che le labbra premute

fossero da la Morte, tanto eran chiuse e pure.

- Non ti destare, non ti destare - pregai nel segreto

cuore - se vuoi ch'io t'ami! Sieno per sempre chiuse

queste tue labbra; e ancora, ancora saranno divine.

Ritroverò per queste labbra i sovrani baci.

Ritroverò la mia più lenta carezza per questa

fronte che amai, per queste gote che amai, per queste

pàlpebre al fin su 'l tuo dolce insostenibile sguardo

chiuse; e per queste chiuse labbra i sovrani baci!

IL MERIGGIO

Era un silenzio orrendo, lugúbre: il piú cupo che in terra

sia stato mai. Le tombe tutte pareano aperte,

sotto quei cieli. Nulla viveva. Nessuna apparenza

era terrestre, in quella luce infinita eguale.

Entro la sua gran chiostra di boschi il lago raggiava

sacro, aspettando la promessa vittima.

Ben eri tu, o Sole, a mezzo dei cieli alto, quando

io la promisi! Tutto era silenzio.

LIBRO TERZO

LA SERA MISTICA

Sul Tevere, all'Albero Bello

Anima, non è questa la pia solitudine amica,

l'alta che noi cercammo riva letèa d'oblio?

Regna il Silenzio i luoghi. Nel vespro il Tevere splende:

l'onda perenne ei reca de la sua pace al mare.

Guardano il padre fiume le querci immote, ch'ei nutre,

spiriti ne la dura còrtice meditanti;

esseri paghi: bevono l'acqua con l'ime radici,

godon raccorre i soffi tiepidi ne le chiome.

Dicono a me le querci: - Noi molti vedemmo dolori,

truci dolori umani, piangere lungo il fiume.

Sorgere udimmo al cielo gridi ultimi di morituri.

Ebri di morte, quelli chiesero ai gorghi oblio.

Anima stanca, vieni. Benefica è l'ombra. Ne l'ombra

è la saggezza. Vieni. Solo ne l'ombra è pace.

ieni. A noi caro è l'uomo pensoso. Qui Claudio si piacque

mescere ai grandi nostri pensieri i suoi. -

Dicon le querci. A specchio del fiume rosseggia, tra 'l bosco

memore, la deserta casa del Lorenese.

Claudio, pittor sereno, voi forse udite? Anche forse

abita il vostro dolce spirto la dolce casa?

Forse lo sguardo esplora ne l'umido ciel le fuggenti

nubi che in su le tele nobilitò la mano?

O, testimone eterno, contempla il fiume che passa?

Tacito passa il fiume, tacito come il Lete.

Regna il silenzio. E' questa la pia solitudine amica,

l'alta che noi cercammo riva letèa d'oblío?

Suon di campane i vènti le recano, unica voce.

Questa da te le giunge unica voce, o Roma.

- Ave. La pace è in alto. Nel cuore de l'umile scende.

Anima triste, prega. Dà la preghiera oblío. -

Alzan di lungi fiamma, come ardui cèrei, le torri.

- Ave - risponde il vinto umiliato cuore.

IN SAN PIETRO

Per la profonda nave, che tanta ne' secoli accolse

anima umana e tanta nube serrò d'aroma,

svolgesi il grave coro da bocche invisibili. Un rombo

l'organo a tratti caccia da la sua selva ascosa.

Cupo ne l'ombra il rombo propagasi giú pe' sepolcri:

pajon tremar da l'imo le portentose moli.

Vegliano al sommo i magni pontefici benedicendo:

stanno a le ferree porte gli angeli ed i leoni.

Come solenne il canto! Da l'onda eguale una voce

levasi, con un alto melodioso grido.

Piange la voce, e al mondo rivela un divino dolore.

Sgorgan le note, calde, quasi lacrime.

Piange la voce, sola. Non ode nel gelido sasso

il Palestrina? Sola piange la voce; e al mondo

narra un divin dolore. Non ode il sepolto? Non balza

l'anima sua raggiante su l'ideali cime,

quasi colomba alzata a vol su pinnacoli d'oro?

Piange la voce, sola, nel silenzio.

IN SAN PIETRO

L'absida è nel mistero raccolta. Un'ombra rossastra

occupa il vano. Al fondo luce il metallo, enorme.

Sorgono scintillando per l'ombra le quattro colonne

che nel pagano bronzo torse il Bernini a spire.

Sopra la croce il grande miracolo pende, che in terra

offre a la faticosa anima umana un cielo.

Lampade tutte d'oro in torno alla duplice scala

ardono, dove il sesto Pio reclinato prega.

Muti, il mistero e l'ombra s'addensano in velo di morte.

L'ora si perde. Un passo va lontanando: tace.

Ma di repente il Sole, fierissimo violatore,

(oh trionfate nubi pe 'l ceruleo

giugno!) fendendo l'ombra dal culmine, investe la fredda

tomba ove Paol terzo, calvo e barbato, siede.

Sotto il suo bacio, come un tempo nel letto del Borgia,

rosea nel marmo vive Giulia Farnese ignuda.

LE ERME

Villa Medici

Erme custodi, o in terra solinghi iddii taciturni,

vigili meditanti anime ne la pietra,

voi custodite ancora l'antica memoria, voi siete

memori ancora, ne la solitudine!

Altri l'oblío già tiene. A quale di voi ella cinse

ilare il collo, tra li acanti floridi?

IL PETTINE

Villa Medici: Dal Belvedere

Poi che su 'l Monte Mario si spengono i fuochi del Sole,

vengon le nubi in torme lente dal Palatino.

Mite le aduna il soffio de' vènti e le tragge a l'occaso,

ove i cipressi in contro figgon le acute cime.

Mordono allor le cime de' neri cipressi le nubi

che scorron come in lungo pettine chiome d'oro.

DAL MONTE PINCIO

Sorge lavato il monte, fragrante di fresca verdura,

trepido; e il ciel di maggio ride a la rotta nube.

Pace ne l'aria viene dal bel lacrimevole riso,

cui vaga pur d'altezza l'anima nostra attinge,

cui balenando in cima le cupole attingono e gli alti

alberi che gran serto fanno a' tuoi colli, o Roma.

Mite risplendi, o Roma. Cerulea sotto l'azzurro,

tutta ravvolta in velo tenue d'oro, giaci.

Sopra correa la nube, con tuono lungo echeggiante;

ecco, ed il ciel di maggio ride a la rotta nube.

Tal, dopo sí gran guerra, dopo tanta notte funesta,

dopo l'amaro tedio, dopo il lamento vile,

(lungi per sempre, lungi, o sogni, da l'anima nostra:

sogni, che troppo un giorno perseguitammo in vano!)

44

l'anima, liberata di tutte procelle, respira;

non il ricordo l'ange, non il desío l'acceca,

piú non la morde cura d'antichi amori o novelli,

ansia non piú l'affanna d'altri ignorati beni.

L'Anima sta: tranquilla rispecchia la vita e raccoglie

entro il suo vasto cerchio l'anima de le cose.

LIBRO QUARTO

FELICEM NIOBEN!

45

Triste e pensoso, l'ombre cadendo, su 'l getico lido

   sta Publio Ovidio. Innanzi urla il feroce mare.

Chino biancheggia il capo cui cinser gli Amori corone:

   pendon su lui la grande ira d'Augusto e il fato

ferreo, che la lunga querela non odono. Il pianto

   inutilmente riga le tomitane arene.

Inutilmente, ancora, da Cesare nume benigno

   l'esule attende un ramo de la pacata oliva.

Già sopra sta l'inerte vecchiezza; la ruga senile

   era già il volto. Attende egli la morte, e chiama.

Flebile il carme sale per cieli immiti ove i dardi

   fischiano che di lungi scaglia il bracato Geta.

- Niobe felice, se ben tante vide sciagure;

   che, fatta pietra, il senso perse del male. E voi,

voi pur felici, cui le bocche chiamanti il fratello

"

chiuse di novo cortice il pioppo. Io sono,

io son colui che mai sarà confinato in un tronco,

io son colui che in vano essere pietra vuole. -

Cadono l'ombre, s'addensano gelide; il mare

ulula; il vento reca strepito d'armi. Oh Roma,

Roma! Oh su' colli piniferi aureo tepente

vespero e ne' rigati orti da l'acque nove

murmure che sopiva la cura e lungh'essi gli insigni

portici riso de l'amica giovine!

AVE, ROMA

Esule anch'io, pensoso di te, di te sempre pensoso,

Roma, non fra gli intonsi barbari Ovidio sono;

né mi colpí lo sdegno di Cesare, ma la funesta

dea che la tua campagna orrida e sacra tiene.

Mi visitò nel sonno la livida Febbre; e il mortale

tossico, me misero! tutto il mio sangue tiene.

Lugubre è il mio perire, se ben non sia questo il feroce

Ponto e non la scitica freccia nel cuore io tema.

Sotto sereni cieli piú duro è l'esilio a tal cuore

cui piú nessuna cosa che amò rimane.

Stanca è la carne e spira già l'anima, in questa incompresa

pace. Oh lasciate un'Ombra verso la morte andare!

Tutto è sereno. Il flutto è docile. Incurvasi il lido

come una lira, dove sorgono emerocàli

simili agli asfodeli che illustrano i clivi de l'Ade,

candidi. Ma non questa pace il morente chiede.

Chiede il silenzio immenso, eterno, che sta su l'immoto

fascino del deserto onde tu sorgi, o Roma.

Quale alto monte, quale oceano infinito, qual somma

tenebra vince tanta solitudine?

Quivi la morte sia. Ti vegga da lungi piú grande

d'ogni più grande cosa il morituro e - Ave -

dica - o tu, Roma, tu dolce e tremenda! Ave, o Roma

unica, o dell'anima nostra unica patria!

VESTIGIA

E tu ritorni, o Vita? Ritorni a me con un riso

dubio, ed in mano fronde trascolorate rechi.

E tu ritorni, o Amore? Obliquo ritorni, ed in mano

rechi l'antica tazza, piena d'un falso vino.

Dice la Vita: - Guardi tu in dietro gli antichi vestigi?

Sonvi piú dolci frutti, altri ignorati beni.

Dice l'Amore: - Bevi. - Ripete egli antiche parole.

- Ecco la nova ebrezza, lo sconosciuto bene. -

L'Anima dice: - Vane lusinghe. Io chiudo un supremo

sogno. Da me il mio sogno non uscirà già mai. -

Pure, si volge; guarda gli antichi vestigi. Oh silente

pallida ignuda selva non obliata mai!

NELLA CERTOSA DI SAN MARTINO

In Napoli

Vita, negli occhi miei, negli occhi di quella che a fianco

m'era e credea sé tutta cinta de' miei pensieri,

sé nel mio sogno, ed ebri ancora i miei sensi, e la mia

anima con intatti vincoli trarre seco;

negli occhi nostri, o Vita, le imagini tue dileguando

come serenamente fluttuavano!

Eran su l'alte mura i tralci (pendevano i neri

grappoli da la canna come da un tirso d'oro)

e pe' leggeri intrichi pampinei l'isole e i golfi

s'intravedeano splendere: Puteoli

cerula su 'l lunato azzurro, ove l'Ibi migrante

agile tra le corna scese de' bianchi buoi,

Baja voluttuosa, e il tumulo ingente che Enea

diede a Miseno, e l'alta Cuma che udí gli ambigui

carmi fatali, e il lido lacustre che l'orme sostenne

d'Ercole dietro il gregge pingue di Gerione:

plaghe da gli Immortali dilette, ove (come in profondi

talami cui piacciansi premere amanti umani)

gli incliti corpi ambrosii giacendo lasciarono impronte

sacre, vestigi eterni de la Bellezza prima.

Quella che al fianco m'era - Non senti - mi disse - la nostra

felicità salire? Tutte le cose belle

credo io aver nel cuore. - Mi disse languendo la donna

tenera. Ne la bocca le rifioriano i baci.

Io che provai? Mi stava su 'l cuore un affanno ignorato.

Tutto pareami quivi solitudine,

vacuità, tristezza, immobile tedio, nel muto

lume, sotto i muti chiari lontani cieli.

Poi, ne le vaste sale deserte, vedemmo le inani

spoglie dei re, le vesti, l'armi, i vessilli, i cocchi

d'oro, il vascel vermiglio che tenne le pompe del terzo

Carlo; e il tuo cupo rombo parvemi udire, o Fato.

Parvemi; ma più forte salía verso l'ardua loggia,

ove tremammo, il rombo de la città che tutta

quanta ferveva al sole, tutta quanta aperta in un riso,

in un possente riso inestinguibile,

illuminando i cieli che in lei tendevano l'arco,

avida con rosee braccia abbracciando il mare.

Mise la donna un grido, stringendosi a me, con un lungo

brivido, come presa di vertigine.

Poi, reclinata il volto bianchissimo, parvemi in atto

di voluttà profonda bere la dolce luce.

- Oh, tutti i sogni miei per questo! - dicea lenta, quasi

ebra. - Infinito e pure intimo ne l'anima

come un divin segreto da te rivelato a me sola! -

Tacque; ed ancor la bocca parve bevesse luce.

Io che provai? Mi stava su 'l cuore un affanno ignorato.

L'anima ansando attese il rapimento in vano.

Pur intendea confuse parole: - Quale ombra ti copre?

Quale altro oscuro mondo occupa gli occhi tuoi?

Quello che in te contempli ha forse orizzonti piú vasti?

Dentro, piú lieti s'aprono spettacoli?

Tu possederlo credi! Non è in tal possesso la gioja.

Meglio è nel Tutto l'anima disperdere.

Rompi il tuo cerchio al fine! Guardando la donna che t'ama,

lascia il supremo sogno al cielo effondersi! -

- Non uscirà già mai da me - io pensava - il mio sogno,

poi che non basta il cielo, poi che non basta il mondo

a contenerlo: vince d'altezza ogni cosa creata.

Pur questa immensa forza non mi riempie il cuore! -

E, reclinando il capo, non altro sentii che l'interna

vacuità fra il rombo de la tua fuga, o Vita.

Sotto raggiava il mare pacato nel fervido amplesso;

e la Montagna in contro, armoniosa al giorno

quale una forma escita di mano d'artefice puro,

con incessante palpito da l'igneo

grembo esprimea ne l'aria le sue multiformi chimere

che lente il cielo sommo conquistavano.

Come divino allora mi parve il silenzio del chiostro

ove scendemmo! E un'Ombra muta scendea con noi.
53

Alto quadrato eretto su belle colonne polite:

era il tuo, Morte, candido vestibolo.

NEL BOSCO

Capodimonte

Segue i miei passi l'Ombra; mi segue dovunque; mi guarda.

Occhi non ha sí dolci quella che a fianco viene.

Ah, perché mai risorgi tu da l'oblio? Perché mai

tu d'improvviso mi riprendi l'anima?

Qui noi passammo forse, un giorno, in quest'ora? Gli illusi

occhi, l'illusa anima veggono i cari luoghi.

Simili a questi i luoghi che amammo, ove amammo la vita,

ove la morte parveci una favola.

Simili innanzi a noi s'aprivan sentieri profondi.

Alta venía ridendo ella fra gli alti steli.

L'ombra de' bei capegli oscura battea come un'ala

su la sua fronte; i lunghi occhi parean piú neri.

Freschi salían di sotto il breve suo passo gli effluvi:

molli pioveano albori da le vocali cime.

- Ella, ella sola è gioja - cantava il mio cuor dietro l'orme

labili. Il cuor cantava: - Ella, ella sola è gioja.

Entro le man sue reca piú luce che non l'Ora prima;

fatta ella tutta quanta è di sovrane cose. -

NEL BOSCO

Capodimonte

Ride l'autunno al novo amore. Dal ciel pluvioso

ride un suo vago riso lacrimevole

che, trepidando i rami nel lume, la tua pel velato

aere imagine suscita, o primavera.

Oh primavera, tutta la selva correano i tuoi spirti,

quando io condussi l'Altra verso l'atroce scure!

CONGEDO

Libro, tu Roma nostra vedrai. Ti manda a la grande

Madre colui che molto l'ama, che sempre l'ama.

Recale tu il dolente amore e il desío che distrugge

l'esule, e il van rimpianto, ahi, del perduto bene.

Io non tentai nel verso esprimere l'alta bellezza.

Troppo ella è grande e troppo umile è il verso mio.

Sol chiusi in te, o Libro, de l'anima mia qualche parte.

Va, senza gioja. Quasi cenere fredda rechi!

Va, dunque. Roma nostra vedrai. La vedrai da' suoi colli,

dal Quirinale fulgida al Gianicolo,

da l'Aventino al Pincio piú fulgida ancor ne l'estremo

vespero, miracolo sommo, irraggiare i cieli.

Tal la vedrai qual gli occhi la videro miei, qual sempre

ne l'ansiosa notte l'anima mia la vede.

Nulla è piú grande e sacro. Ha in sé la luce d'un astro.

Non i suoi cieli irraggia soli ma il mondo Roma.